U0639550

三 线

山 水

集

绘 谢小凡　著 范雪

华东师范大学出版社
·上海·

图书在版编目（CIP）数据

三线山水集/ 范雪著；谢小凡绘.
--上海：华东师范大学出版社,2025.
ISBN 978－7－5760－6025－6

Ⅰ.I227

中国国家版本馆 CIP 数据核字第 20252NR793 号

华东师范大学出版社六点分社

本书著作权、版式和装帧设计受世界版权公约和中华人民共和国著作权法保护

上海文化发展基金会资助项目

三线山水集

著　　者　范　雪
绘　　者　谢小凡
责任编辑　朱妙津　古　冈
责任校对　卢　荻
封面设计　嵇易冬　卢晓红

出版发行　华东师范大学出版社
社　　址　上海市中山北路 3663 号　邮编　200062
网　　址　www. ecnupress. com. cn
电　　话　021－60821666　行政传真　021－62572105
客服电话　021－62865537　门市(邮购)电话　021－62869887
地　　址　上海市中山北路 3663 号华东师范大学校内先锋路口
网　　店　http://hdsdcbs. tmall. com

印 刷 者　上海景条印刷有限公司
开　　本　890×1240　1/32
插　　页　5
印　　张　3.625
版　　次　2025 年 7 月第 1 版
印　　次　2025 年 7 月第 1 次
书　　号　ISBN 978－7－5760－6025－6
定　　价　58.00 元

出 版 人　王　焰

(如发现本版图书有印订质量问题,请寄回本社客服中心调换或电话 021－62865537 联系)

自 序

时代发展得很快，以至于需要说一些写作的理由。

车离开安宁河谷时，我读到凉山一位作者发在社交平台上的作品，记录日常见闻与人生事件，抒发观点和感想。他生来说彝话，应当是经过努力学习后，掌握了汉语。他的写作让我有些着迷。一是因为他的世界。新世纪以来，文字通胀或贬值，写作变得不值得珍视。但其实，写作是横陈或入室的事，无论私与公，都要有这两种愿望。是否珍视写作，首先取决于是否有此愿望的诚意。愿望本身，应该被看作天赋，分三六九等，尽管当代不嘉奖这种天赋。横陈或入室的吸引程度在于里面是什么。所以这位陌生人写作的迷人，是一篇名文里的话：陌生人是一个世界；我添上半句：越异质，越引人入胜。

他的写作还显出汉语的富丽，有时候是批量的富丽。第二语言习得者也许更能发现在我们这里已经陈化的汉语的特点。譬如吉川幸次郎说汉语有如"豪华的中华名菜"的丰富性；华美的语言，是理智的感动与美的感动的一致。类似于此的种种发现，令我对母语产生了没有过的意识。有名言说语言质量反映心灵，如今每天眼前文字林立，常是混凝土面貌。文学对文明，也许还有一些根本使命。

自然风景，离不了山山水水。占这本集子较多篇幅的三线山水，理解它们的第一个维度是内地，第二个是山川纵横、风光旖旎，第三个是与环境相关的风格，第四个是新中国历史里的三线建设，第五个是左右当下认知的"N线城市"的说法。五者复合，做诗歌的专门话题虽不多见，却是分布于学术各领域的常见兴趣。诗歌好就好在，可以在问题上做统统打包的认识，也可以散逸其外；而且文字经济，交流的同时，降低消耗、保持清减。这大约是诗歌文体宝贵的当代德性。

诗集标题叫"三线山水"，确有来自内陆的经验支持，但也不是要专门关心某些区域某类生活。其实，几线都有它有效的生活。"三线"之说的身段，多少有点一退而天空的意思。人生之初总是奋进，转身发现退而作的巨大吸引力。这可能是文学不错的立场，也有助于路上发现。譬如三线是中国山水最精彩的地带；社会主义气质的工厂福利区；厂的田野与厂的造园；厂内生态与超地方的单位风尚；无中生有的厂连上秦岭、巴山、汉江、宝成线、阳安线、宝汉公路、川陕公路、108国道，成为一个经验共同体……类似于此，都在告别令人无法容忍的刻板。诗歌在这工作中十分好用，民主、广泛、普遍，照顾周全。

远游无处不销魂，销魂似乎只能靠远游了。诗人好像旅游才能出诗，我对此也深有体会。这反映出日常里弥漫着伤害。我写了一些作品表明这得怪罪什么。如今远游的交通工具快且直接。与34个小时到目的地的绿皮火车相比，当日即达高铁的最大遗憾，是风景的亏损。贪恋享受的人会愈发流连前者。成昆、宝成或阳安山水的繁复与反复，一遍遍印入人本身。多年后，它们甚至融入自然，又以其人力特征而具有宗教感了。集子中三线山水之外的作品，不少来自新鲜的地方、例外的体验。我始终感觉中华风物有一种魔力，能令人产生生活的欲望。

诗集中的插画，是诗中所写若干具体地方的场景。感谢插画作者谢小凡先生。他六岁时跟随领命打通长江的父亲从重庆到攀枝花，长江没有打通，一座城就此诞生。时势与想象力让受之影响的许多人有共同经历，也让绝对无缘的外地人和本地人在一片山水里创造交流。这样想，是一种不错的感觉。

感谢诗集的赞助人，如今对文事的慷慨很稀罕，令人起敬。感谢上海文化发展基金会支持。谢谢嵇易冬跨越太平洋的设计支持。感谢华东师范大学出版社六点分社与诗人古冈，他们使得这诗集真实存在。

目　录

三线山水

江南

北地中原

南方

三线山水

这地方造了一园美梦

仿蒲宁《这地方无史可查》

这地方造了一园美梦——草坡，花阵，

铜椅，椅上春天垂笼的柳枝，

杂树林在低处散发出白杨穗的清香，

钴蓝天空里，一大片叶冠横云……

午后，阳光清静有风……我站了一会儿，

出了微汗，很中立，稳定——很多次，

眼下花园的角度，有异质气氛，

可能因为玫瑰和铁树，也可能是粉红砂砖。

这些红砂摸上去是大陆干燥温度带的岩质，

粉红、绯红或沙红的心里翻着黑色暗影，

在过去夏天的晚上，温热的玫瑰香气烘在粉红园内，

夏季植物单调茂盛地反映大陆的沉静。

这让人心动，以至于大陆的性格让人心动

——我保证它不像这，不像那，不像中央公园，

枸杞树藤从红墙上垂下来，

它宁静地把公厕涂满天光，

水里鱼和蛤蟆发出细泡碎碎崩爆的幻音，轰轰烈烈……

这地方，是三十年前结束的遗迹，

带着某一天一只白色雄性羚牛闯下山来胡搅蛮缠的野味，
它居然没有因为时代在成长而褪去颜色，
它也许被感觉能够察觉地延续了，
那些构树，枯穗，黏花，
没收的猎枪和冲动钓鱼的老油条的工人，
它怀里发红的娇娃，活色生香。

乡村观光公路

乡村观光公路在美丽的梁上蔓延

十七年那会儿，农村气象

信仰接近历史终结

汉人还能怎样幻想

从机耕路，到硬化路

到眼下基建成果

儒教田园也抹上游牧的清香

沿一条冲，到一姓湾村

地主家在山坳绿雨里盛开成壮烈的废墟

叠上废墟的烈属家，也成废墟

蝴蝶荠菜，蛛丝双喜。群众

随世纪的进步，锻炼生活，保持生命

扑克，晌饭，闲传，帕金森

一村不见一个小伙子

土地享用它的民族本性

农林牧副渔和繁育，可以

填好人性，似春潮连海

祖先的这套，要你格外动情

然后抑制。现在，小伙子
低头走进都市圈套，愿望欲望
眺望一生资产的运气

好基建是好地方自尊赚钱的机会
于是我们一行烟水，游赏
旱地、水田、藕塘、瓜架
"谁会离开，如此美丽!"是啊
你先为祖国毛细血管充盈建设而感叹
再为来来往往伤感，以他们强烈的劳动
比对这终归无处着落山县之景的起伏

洋县

惆怅的山河

分水岭在辽阔的大陆气候上区隔出
鎏金的暖温带和北亚热带。
温带落叶阔叶林带，自然带
斑斓盛极而衰，
从上苍巨大布色的隙孔间
迎来展线在海拔里兑换成机械隐隐地颠簸，
一线碎碎的明媚和久雨，
天花乱坠。这条铁路的气质，
最高一站，小到无中生有。
其实不通勤南北的人有什么诉求去比较。
去年八月，我从广元沿嘉陵江上溯汉中，
水边铁路，在夏天晴褪了的颜色里
是一片花果山，情投意合地
流淌出一路普遍的安康与幸福。

这是时代轮回到开朗时的淡淡遗迹。
北坡与南坡也很遵守古画里，
人们说，南山是肥山，
石头是北山的骨相。
但是现在，
我站在几十份困难重重的地质论文前，

惊慌地踏勘起事情的宿命。
好多年，多到一理回忆的暗处，暴雨
冲稀柔软的地层，北边的巨石崩，
南边土体坍入临界的负极。
大结构剥离，比脆弱更脆的
灰水泥工程，纤细地封进山河。

这是一些波折，
人间事，不过是若干波折，
也不是没有过，不是就此决定什么。
但波折的原因，隧道晚进早出。
宁与水斗，不与山斗。人
爱总结来龙去脉给自己灰色的命运一个理解，
所以遗迹，
不是盾构机宁静地通过深厚的岩心，
一切表层的不稳定都无干了，
动物被保护了，
人们穿过黑洞拥有出发点和目的地，
在交通工具的纯情上。
这条路线是一段真挚的感情的象征，
敲一敲铁轨，掉落的全是
儿女情长。他们像恋爱了一样互相搅扰，
伸到幽红的皮肤底下，又乍起
带霜的白光，把冬天的大陆和
大陆那红光融融的物候与人迹，拖带出时间的结局。

秦岭

感时一

季冬披着阳光的鸟鸣里有一缕世外桃源，
感觉从来兀自跌宕，从来物喜已悲，
天将绵雨，雨从东来？从西来？从南来？从北来？
盲摸气候的边缘。
一个狭长的盆地里会有这般融融冬日，
花应地气开在路绝时的园口，
花色如团，朱辉散射，洒遍金色的下午。
有人说这物事自在的细细纹路最动人，
你也观看到红褐萼，并生花，万蕊鹅粉，
是啊，温暖的肺不会骗人，
斯文缓慢往复环园的老人不会骗人，
疏淡的天际里有年轻宗教的气味。
可你又一次恐惧美好中的相物，
又一次想也不想欣赏那些好话。
气氛迷醉，
在度过瘴雨蛮烟后，
敢仔细地新知吗？
景物有几分人家，有若干男耕女织，
着染上过去将来绿色阔叶反映出明亮的一段平坦。

感时四

原野上一甸甸肥花在初夏收成白金色的秆垛的时候
褐土终于赤裸了
大剂量呼吸，大面积吞现在的雨

远山被丰腴的绿树遮得无边
它们漫布在我原野的心上
聚焦后的一震，放大，望缓慢而抽的痴呆

列行的绵绵水秧
青绿菜畦
塘面从春绿到夏白
秸秆被辉煌收割后一捆挨紧一捆整饬垛立
秩序年年复复
万物在意识里扬起落下，夺走又堆起
忘记又唤起，多情又健忘

景观大量的深翻
翻地
水漫黄泥翻种莲藕
灌浆麦翻色

菜园翻了几轮
翻牌，翻台，掀翻，翻身，翻遍，天地翻
你看到原野微茫光色开了个口，真情滚滚
你隐隐费尽思量

那些整饬的纯真的劳动
整饬而纯真的动作弄破了僵局
这阡陌与烟雨的原野的誓言
这人飘人移的微澜茫茫
你向往这些因为它们的绝对的真理性
这耕得烂烂的宿命

小站

小站一定是社会主义的小站

在山里起伏的火车

晃过巴掌窄的梯形坝

上山下山走出来的细路

一会的有水，一会的有屋

穷也穷出了穷的雄壮

高山撞过来，堂皇天边

劈面而来肃穆的水泥门

水泥上利刻着阴文，楷体

象鼻子山一号隧道

秀字揽着沧江、云雾、无尽的高地

洞口一冲而入，一冲而不得瞬过

车过了，隧道里风还要吹好一阵

煤气，厕所，铁锈

那是人口的味儿

是出口钢链拉起巨大的深涧

人能想象的，能有多跌宕

铁路桥，再偏，也是有名字的啊

抵达的四等站，红褐色瓦

马赛克月台、花坛、平房、亮树、一片杏花

一块立了多数人有生之年的白灰牌
我们的教养不会陌生这些美学
挽起江山的有春风化雨
我们在这些美学里会找到安身之所

秦岭

河流边的思想

在镜头里，重中之重有了无比的忧伤和忐忑不安
白石头分割彩色的岸与思恋
沉入绿河上的一段深水域
草帽为风景失魂了
时间是一连串持续相见的强光
溢过心上格棱
并蒂野花平衡，碧色金碧辉煌

洋县

风吹上原

从蔡家坡往北，曲转上
陪了我们一阵的绿中带黄的地形台阶时，
我以为正在翻这一带的小山，
可上面庄稼竟平整整清亮亮地往边界延伸。
夏日晴得生烟的气氛，
天边一条灰蓝带子，宽窄均质，
向东向西浮动。

这是一个开悟的时刻。再往北去，
更多台原这样升起，
像南方水泡的山田一样小，
也可以比世界更大。原顶村子
带着它们方正的院落，其实有几分
世外葱茏，几分迷惑人，
厚土和青天，近地几分，近天几分？

原上的风大。这句话带着足够的
地方风味，把千朵游人
放牧在辽阔的阳陵墓草。
我也发现此地男子长相，刚正不阿，

从咸阳原到周原，再上高原，
牧征耕伐，有情的老天让幅员宽大
昏沉的甜蜜，高高隆起又沉积。

一条川带一川河道生花，
星河的白紫，在两塬夹起的谷里
布置了安宁，草绿树绿漫淌，
暴晒着自然气味的宗教。
绿谷有考古现场和供港芥蓝
做一番点缀，也不过一场
骤雨。游学如调情易忘，
难忘，终究沉浸在了
塬的绿色流淌是本地性格，
激烈得、钝得，如岩浆沉重推移，
推入百念虹吸的深渊，渊里绿舌
舔开两箩筐学者一叶扁舟式的降临。

西安—平凉

山厂的梦

山坡上立在早晨淡金色水汽里的
有一片红砖旧楼房
经典大三线的样子，但不悲痛
悲痛漂浮在我们认识的表层
周身被它装饰得比真实还更真三分
糊住几窍，糊出压抑也累了的几十年
可是，山和巨大的原野
搞不清这些让人迷恋的衰弱
日复一日把大把玫瑰、色彩和烟霞
塞进我胸口，粗壮地启蒙

我熟悉的，挨着太平间是沿斜坡的菜市场
所以能在脚印里看到一些纯洁的纸钱
纯洁得跟农妇的乳沟一样
她们一对对蹲在凉风贯市的柔软的街上
跟核桃那么白甜，艳如烈霞
我按着心脏，转身有几秒思恋
随后想起这些结实的未来
而我在城市里的经历难道存在么
在我的手机里弥漫的信息难道有未来么

工厂喇叭在清清的灰色天气里奏响了一条大河

心在里面还是挂着淋雨，都是放牧场
乐事像运羊奶的铁皮车总会按时来
荡漾的国土四境的地方
我不知道为什么能如此自由
上海人说想开发这里，说资源紧俏
我怀恋地感到过去政策制造出折叠地理的亲密的奇迹
无法复制了。小雨里，山路沿河很婀娜
心事都该放弃了，惦记也就撤退了
接着的完全的晴空是一次温柔乡
搂着我在发烫的肤色里魂游

游泳池畔的下午

绿树露出的夹角伸向水蓝色的护栏外，
油漆和晴天剥落出白色。
那下面，近山绵延得很远，
带着坡面上耕出的纹块，
黄土赤金，绿沈油亮，
一起在游泳池的深渊里沉到底，
也很稳地托起水畔的喘息，
孩子奔跑，和跳入沉静的飞行的鸟类。

粉脚纷纷踏过的水泥地，
积着大团墨色，它形成的时光，
跟友谊一样久而有渊源。
那些白金波纹，让你感到平静，
偶尔想到过去像山风下坡，
像少女抱着今夏流行的柠色泳圈，
嘹亮柔和，明快地
代表了这个下午所有愉快的高度。

从这边的坡，淌到下面的平坦地，
风在开阔地上掠过些乡下别墅的红顶，

它们清亮亮地点在堰口外。

你摇起扇子，蒲草的香味撒开，

又全泻到了斑斓的坡度上。

光线比心脏更璀璨，

池水比光更亮，

安静地坐在游泳池边，靛青的深渊，

爱的劳役

带着明亮的光的自由民
沉在心脏的深坑里。被
金碧自然狠狠剥削，
堂皇如同大河涌成暴瀑，
摊出的生生不息肥沃、喷射，
湿了所有的前胸和混乱的寝具。
为什么为普遍成年人推出的是这样一个方案？

日夜断在日夜里，再被
软体时针接上，锋芒乱捣。
女人天然要在生养和
保养的话题里付真心吗？困。
外包给更长的自然的时光，
两年，十年，再过八年，
舍身赴老做成一个过来人。

奴隶拥有爱情吗？奴隶
顶多有点婚外情。压迫
才是好，追求一个等级之上
高贵的阳光的气味，屋抱

山泽，翠空下的性命大义，
摊开的尽是健康。念之
五情热，你学不会当主子。

人间风水为现代性一震，可
留了一块阵痛给自然性尽孝。
冬山分朱碧。锦鸡窜上山腰
公路旁的白岩几秒，仍然容易
找到大片野生猕猴桃。
春溪淌得缓，溪后田野落幕在薄雾里，
抬手一抹，得体舒缓的阴晦。

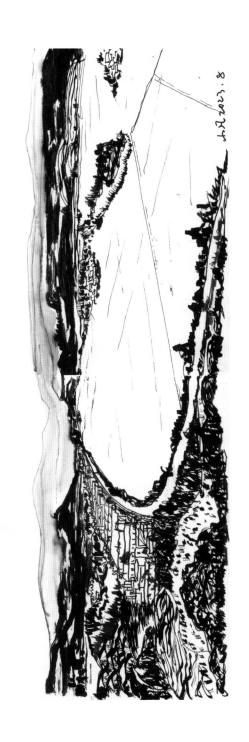

小凡 2023.8　　　　　　　　　　　　四〇五卫生院

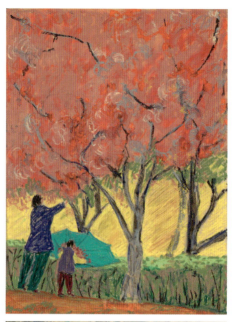

3/5 印象金沙江

3/5 西昌印象 鞠写

夜睡以前

仿《海上花列传》

夜里陪孩子睡，听得斜街上，

蛐蛐叫声如星，络绎漫漫；

远远地又有低低歌乐之声，

仿佛唱的东方红，是小女孩清音，但不知谁家。

诸多的头绪，心猿不定，但也不能走开，

小儿易醒，贴着大人才能沉睡。

悄悄和衣起来去屋外喝一口水，

不经意间两个男的在隔壁阳台吹牛，

又讲论漫游及女人情景，津津乎若有味焉，

瞠瞠然正经儿一本具体白描流下。

翻过安全栏上床，卧进寝具，

料不想忽然就来了困，这夜听到的种种，

像彩色的粉块沉进迟钝了，或许会梦到。

依恋

在镜子里发觉些许明艳迷人的时候，
比如玻璃眼珠和成人的颜色，
我看到一些不经意的神情，
那让许多世故更漂亮也又漂泊。
下午楼后，我们见着一棵开得早的李树，
性情柔和的几枝低低伸向人，
几枝漾动着托起紫红叶芽里有五片瓣，
几枝薄瓣在湛蓝天空和大地前有纤细天意。
天意里，青灰黎明爆炸的馨香
把田野层层翻高，和那些淡紫色湿润的云
托出的都是我的解药。
我仰头灌下海棠的艳光，
万朵反抗万种天意，
天意无私往复，
乳气风揉雨练，
礼始于夫妇，
我迟缓的怀疑，溃败给春天。
西伯利亚风过境，高气压拔醒，
星河烂烂，烂烂清光，在远非我的完美。
这是更像你的一切，厉害的人

早已画出诞生的强悍，和那些

静态的、含蓄的鸟，牡丹，柿子。

你的黑璃眼珠跟它们是一回事，

越过额头和我们之间那些破损的我的七上八下，

直望住我，不设防的痴心，

还有人有这样的依恋吗。

椒溪河儿童

推着儿童车我走过横越椒溪河的大桥，
宽溪清清浅浅
像滩一样，从白花椒林里漫出来，
漫过河床上顺谷流到山边的秀气石头，
恰切地比拟了某个年龄段小男孩的淘气。

正是盛夏的中午，
水泥桥被晒得有些空洞，
是一片白金海滩，
石拦而拦不住向长流的水花
和气昂昂的男孩，一起鼓动了河道上的风。

这山谷，风带着高高凉气向南倾泻，
吹得青山远去全是波涛涌动，
起起伏伏，大海上的天光。光明
让景观发生晃动，我缓慢地发现，
超级亮度的明媚是叫人要做回避的。

就像隔日溯溪沿峡谷而上，
一路的风光，付了七成给小男孩。

饼干、水杯和遮阳，抱着、领或不领，
我们要聊聊更微观的
红色山豆子、竹蜂危险，上台阶鼓励也要走稳。

人类的孩子分散了风景的印象，
也分散了风险。五十年前，
伐尽沟谷河道里密实的乔木，木头香气
顺着夏天溪涨离开整片山系。现在，
山体恢复，品质有缺，也是生息的道理。

这一回游，
没什么好语焉不详了，
似这群山变幻的明媚，
恍惚了做客的景观，
把一路体验得如怀抱一样扎实，接近实质。

佛坪

高原回来

高原的高速景观光滑
后来省道才流露出风景的苦色
城市尽头被城市紧紧束缚
乡村鸡零狗碎地服务工业从 2.0—4.0 建设
没那些卡车的故乡，部件的变幻
都是生机，都是一个经济人的人生困境

西安

红星机械厂

大雾一样奇异

大马路白花花的

路边卖花圈和寿衣

月季花沾着土

住红砖平房的老人一只眼睛斜了

午饭里有糖拌西红柿

坐在土坡上望黄河那边还是土坡

一列火车开过，从西安到拉萨

想试着想他曾有荣光，很容易

要此刻颤抖着伤感，也真诚

但发现研究变迁史更可靠，却不痛不痒

溜下土坡，黄昏菜市场风吹塑料布哗啦啦地响

阵阵冷汗，哦阵阵冷汗

我面无表情

西固

夏歌

切进一条青江丝绸的身体的
眼神，或呆坐着，
看水面过去，有一片赤壁
山上数座塔，塔尖，雨气
夜晚缀上不确定的灯链
江水抵挡不住炎炎夏风
渔人，或新生儿的妈妈
在城门洞里晾开日常
夏天是最铁证如山的季节
所有的细细揣摩都会走向泛滥
天下美人，这里分了三分
毫无希望的人留下了最多的没有用的希望
她们也留下了
观光客为水光在玉色胴体上漾动微微而高高抽起
我想起他握起她的手
说：这是我们的文明的美人
这胜景断肠，就让它难以遏止

阆中

入夏的倾诉

坝子已耕耘得异常动人，
托住青山涌起也失落，
掉在秧田水的镜光深景里。

平坝积累频繁的生机，
赶上时候，密度就是开发，
引水流入、排去，一打理，
再一跃进，市场经济
再不会有什么低处多瘴气。

但你作为观光客体会到了：
清气满山巅，
清翠或石漠的风景总天阴有泪。

砂土公路从此处垭口向南北荡开，
据说路势从来化险为夷。

高寒的人，团结的现代劳动。
发展让困难更困难。

人类学志上，高亢的行为尊崇

破坏性消费，激情翻山越岭地赴宴。

困难的旋律

有时候其实是享受放浪。

季风吹来过岭的敏感物候，

就像频道里快进了的气象。

变幻崩如雨。

山顶的草场，沼泽，

深渊和荒天下的冤家，

全部敏感得一塌糊涂。

一遍遍重复出殡的场景，

一遍遍，凉爽中，高山杜鹃一白长红。

金口河

今年夏天在盐边

今年夏天在盐边
一句圆满的话，南华打电话来说：
三个小时，我接你过来玩。
这一带的男人，掌握这一带。
地理让他们见多识广，
情趣让他们动能慷慨。
我受尽东部地区行政的折磨，
倾向遗忘一切的倾向，
开始如此空山重新波动流云。
河谷、木棉、建昌月亮、高速公路
一切景象，无屏无障。

陪山陪水陪时光，三线
大小姐当然闻过这般一生的气味。
披上干部装开辟国有资产的
成熟男人，纵横大区，
心里装了大梦。他们
与连绵山原上，日夜目睹自然，
穷但沉醉或痛于人生的人生
复合形影。衬托出

AI 监控抬头的渺小。

如今，安宁河谷农业饱满，
大小凉山路网在宏观上和风理俗，
巡游队伍里，高山美学高级得一塌糊涂，
打工还类似两千年之际，
攀枝花老人未老，青年难满，
孩子有一点网瘾，西昌房子与
游泳池都是商品，但高地还在。
现代化的节奏也许刚好，
也许自然会叫它就这么刚好。

盐边

不大客运了的成昆线

不大客运了的成昆线，
如今是腹地的圣地。
燕岗、关村坝、一线天后，
神圣的展线、四等站、隧道与大桥
在尼日河到安宁河全流域展开。
青年信徒以各种方式潜入它的内部，
包括乌东德建后沉入金沙的遗迹，
千回百转要得到那最初便好像最珍重的面目。

五十年后，新成昆线
以机械与技术的伟力
纵贯大雪山小相岭。
高速、少时，方便你朝辞，
下午就开得上会。会多摧人残，
少了蜿蜒大地头顶飞花，
少了山花般的乡县，
以及或许一眼二十小时震荡的接洽。

清华大学、交通大学、城市大学
来此完成大学生思政实践必修学分，

这当然比养老院、博物馆或一个职业项目好。

电脑儿童，什么都拥有，

什么都没有，学校是补不了了。

交通线上，风花雪月的宗教，

一边钢铁横断苍郁的风格让人认恋，

一边陌生的行为尊严的脸孔挽救本能。

接班人，该有一次不祛魅的机会。

攀枝花

迷蛊的风景

照片已经都找不着了，

有一张碟那么多，

上面写着我的时间。

兰州刻的，

它卧在缓流的黄色大河边，

风总是黎明的颜色，

把我吹得精神很甘凉。

从这里，翻过一些城与厂矿，

再甩掉它们的遗痕，

火车就一直在追往西的太阳。

暴日沉夜，黑色山脉是黑色的烈日，

交通器在高度饱和的神秘里飞，

烟从铁锈味的嘴里吐出来，又被吸进阔鼻翼。

不可想象的持久，崇高的色块，

我颠倒在硬卧幽晃晃的光里，

持续地盯着白金色的戈壁和蔷薇细涓，

我琐琐碎碎地砌日常的墙，

敲下半块砖，涂上灰水泥，

把更小气的神态埋葬一次又一次。

它们真浪漫。

这辉煌的黄昏有几百公里长了，
山在右手永恒地陪我，过夜，
什么也抓不住，
那些感觉，蜜的大地。
太阳使劲儿地在未来，
汽车跟个负气奔跑的女人一样，
屁股滚烫，
皮肤绽红，
舍不得啊，又太迷惑了。

兰州—柳园

一个女孩又回到了贵州

仿 Mambo Italiano

一个女孩又回到了贵州，

因为她很想念吃过水城羊肉粉，

在小镇的细街上穿着夹脚拖鞋使劲儿奔跑。

她那时烫了一头小卷发，

夜夜陪醉夜夜醉，

然后被男朋友拖上床，

在大山水洗的夜色里好好地洗澡。

等一等，好像有什么不一样。

晴朗的半边坡上长着可爱的杂树林和灌木，

草垛憨厚地扎在崖边，

一大丛黄菊花，

仿佛发誓，

发一个明媚得快要跳起来的誓。

她学会了要写景，她无比爱她的老师，

遍布山峦的男人，

带着她在大地丰腴的线条里荡来漾去。

青翠的油菜！油菜里翠绿的杂草！

冬日缠绵的山峦之景，被好多灵魂贴着，

镜头里，乌江妩媚得是一曲春光曼波，
赤水两岸更有无限绮丽地致幻。
于是忘情的他们唱起动人的横断山，
她像廉价的葡萄酒，呜咽地流起来。
跳舞吧，中年人，会走路就会跳舞，
来口干辣椒，加点西西里，
如果你的身体是僵硬的，
你到哪里跳都是徒劳的。
来吧来吧，中年人，
一边喝酒一边屁股摇起来像大篷车一样。
几乎一切事一切景一切人
一路歌开，
好像这世间只有谁能让她牵肠挂肚，
产生那么多超过愉快的冲动。
哦，牵肠挂肚，
牵肠挂肚地捣起糍粑，
水泥瓦片也被炸得噼啪作响，
漂亮的人民，祝所有人幸福。
摇摇摇！晃晃晃！蜜阳里的开阳。

开阳

时代人生三种

不经过这样山山水水，黄金的世界怎会开拓

1943 年 2 月至 1944 年 2 月，哈尔滨三棵树久大草绳工厂、迈进草绳工厂、某家办草绳工厂

1944 年 5 月，黑龙江呼兰县五站草袋工厂

1944 年 6 月至 1944 年 7 月，哈市马家船会工匠、恰克巴和家庭草绳工厂

1944 年 10 月至 1945 年 4 月，呼兰县蒙古图屯某家办草袋工厂

1945 年 5 月至 1945 年 8 月，哈市三棵树福井土木株式会社

1945 年 10 月至 1946 年 3 月，哈市道外六道街合伙卷纸烟

1946 年 4 月 28 日，中国人民解放军解放哈尔滨

1946 年 4 月至 1946 年 8 月，哈市太平桥某家打网、渔业工人

1946 年 8 月至 1946 年 9 月，哈市道外六道街卖瓜菜、纸烟火柴

1946 年 10 月至 1947 年 1 月，哈市道外六道街某家庭织布厂

1947 年 2 月至 1948 年 7 月，哈市道外民运工作队

1948 年至 1978 年，哈市、西固、武威、乌鲁木齐、钟祥、

汉中

遥远在外、天气炎热、联络困难、风险多次出现

交上答卷，为兄弟部门提供信息

大马蜂蜇头、白河路遇险

汉中小巷闯险、剑门关路途救难

一毛钱 8 个柿子，秦岭北坡夜间天降鹅毛大雪

1971 年 1 月，渡口市三堆子小学

1973 年，渡口市炳草岗小学

1976 年，炳草岗初中

1979 年，炳草岗高中

1981 年，大田，渡口市交通技校统计班

1982 年，重庆师范学院中文系进修

1987 年，渡口市交通技校教语文

1987 年，攀枝花工交管理干部学校教市场学原理

1990 年，攀枝花市政府办公厅综合处从事文秘工作

1995 年 7 月，攀枝花市委对外宣传办公室

2001 年，花家地、五四大街、西三环北路、红光

扩建工程、筹备工程、招标工程、社交工程

画一幅粉红，海棠花溪，休养生息

1990 年 9 月至 1994 年 7 月，陕西读书

1994 年 9 月至 1996 年 7 月，海口读书

1996 年 9 月至 1999 年 7 月，海口读书

1999 年 9 月至 2002 年 7 月，海口读书

2002 年 9 月至 2006 年 7 月，北京读书

2006 年 9 月至 2009 年 7 月，北京读书、写作

2009 年 12 月至 2014 年 9 月，新加坡读书、写作

2015 年 4 月至 2021 年 4 月，南京读书、写作

2021 年 4 月至 2024 年 12 月，杭州读书、写作

北京、厦门、上海、武汉、香港、澳门、成都……开会

云南、海南、凉州、温州、六盘山、六盘水……调研

远游无处不销魂，在道德看来，山水是如此安全

关于风景的往事

那天我们走在三层楼下往西的路上，
沿着花坛，那里有密云样的花椒树和火石榴，
又沿着无花果树泻满荫影的红砖墙，
墙篱里，物产变幻并伸出枝枝果实。
枝头果实多让人迷恋啊，
我先在国画里对它们一再地向往，
至今仍觉得枝上挂出了最后的总结。
之后一片丁香环绕着青松的花园过去，
酢浆草，蛇莓，晴天的空气里混着河水、松香和卤肉味，
我们就踏上了铁路从脚下向两个远方延伸。
冬天我们走了另一个方向，在山脊上，
我以为自己远望到了山水的精妙，
滴水的村庄出而复进，斜谷广阔地一抬头，
光色幽微茫茫，认识到风雨如晦。
但今天晴，过去许多类似的季候，
干草暴晒的气味里农妇端着胖身体里外忙活，
大盆干芫荽洋芋熬肉，干蒲公英沏出透锈的茶，
锈红色漆遍乡下的铁皮门和栏杆，城里，
城还遥遥。金色玉蜀黍给了晒谷场一个形状，
扫帚、水泥水池、胶皮和乌盆，稀疏的葡萄架，

这些汉人的宝贝推出了厚且持久的亮度。

它们在中国的哪里都能随手重温，

就像我们重温这条铁路，哦，是我重温，

而初来的朋友你重温到了至少一个梦吗？

这条曾经年代修的铁路没什么凄凉感，

与俗闻正相反，它散发出天蓝色马赛克大喷水池的气质，

我有好几次像恍见着了故事里外省郊区的风光，

乡下别墅，就连火葬场的鸢尾、啄木鸟和瓷砖花园，

也让人错乱。旧贵族的工人阶级在夜里扒见

金碧辉煌的水浪荡漾了山沟的品味，

几乎天然的俄罗斯族少女绕着露天游泳池

溜旱冰。哗哗哗，这片白杨总是动人，

铁道旁，它在风里撒遍金银，

我承认我心情起伏，

尘世里要拽住的细线，

所以紧紧牵挂着高大的树，

日历一样的流水推出内心高地。春天，

我离家出走，沿铁轨走进天色就是薄冰，

黄花和荒树在田野里顶立，苦恼和美好

反反复复都成了风景神秘的安慰。

枕木和树林间有一条小土路，

它带着救世的本质带我走下去。

用不着怀疑风景里是不是有本地生活，

实实在在，就像两个人结结实实地在一起，

可生活啊，一面静止在白壁上的照片墙，

客厅里我们擦身的照妖镜。

到老乡公园了，公园盖好的冬天，

有人在秃树干上撒下根刺沾沾口水黏上我额头，

现在，公园的一切都已给了田野，八角亭

在白色庄稼结籽的浪海里，是一个坟迹。

我们就要一抬头离开铁路右转走上麦地了，

收割后，地里灌上水撒播青青的秧苗，

之后，庙前草地上一片牛羊，它们翠亮地散漫，

荷塘翻成农田，荷叶零星地盛开在旱地上。

暮日裹着我们走过林地，水渠和草莓地，

这条很长的水泥路的尽头是青螺远山，

甜蜜的天沉淀在上空，树景屋影里

村里两个女人结伴走路，两张珠贝的脸

用粮食和活动锃得发亮的圆满，

形象里全是结实的过去的致命的劳动者的美学。

伟大的启示猛烈又温柔地垂临我。

我一听就懂。

这里居然可以是终点了，

夕烧之空是宦游的公路片，

如今开在我的世界的我挥也不能挥去。

江　南

郁达夫

文献学或解经学

有时候白搭。

他抱着一个妙子，

想一个妙子，

还忧心爱到浓时，

床上表现不好。

这是意志力的话题，

饱含自然道理，

然后，意志力倒入一时的肥肩肉胸，

玩弄自己一时的一时。

就像兰溪江上一弓苍穹蓝如靛草花，

金华江上再丰华也没有的江南的雪景，

吉祥寺头一腔爱的绿帽跌进运河浑水，

就像三言把二拍。

五千年人生在世绝妙的发明，

西学东渐后觉悟期的觉悟，

忍受被辨认为趣味的道德。

杭州

嵊山港

客船渐驶进港时，
海岛的坡上出现了
沿地势层层叠起的浅色房子。
两三层高，单调洁净，
火柴盒子似的排列在深色堤岸上。

山岛的缓线有汽笛的钝感。
酒店楼下，港内发红的深水
散发出生铁气味。
胶皮鞋走过胶皮水管，
商行里满池鱼虾乌贼，
剪刀闪过红色鱼腹，
海鸟飞停在牵索柱上。
解冻的街面，上秤、交易、转运，
娱乐会所、配送中心、神秘细巷里的家……
没有什么地方像港口，
必须离开，又必须回来。

沉默释放缆绳的人，
看上去都养成了一种光荣的劳动形象。

南海一个吃虾子粥的早上，

凌晨出海者归港，

他们像游击队员一样沉着，

立在船头，坐在六七筐银光带鱼里，

对生存熟稔，富有控制感。

再没有什么地方像港口，

它的古典形象是春天地里的泥浆，

乱蓬蓬，塑造贸易与观光的好情绪。

嵊山港

上车！看景

给一桩现实故事，配一段景。
还是开车，沿大陆边界，
在边境丰腴的深度里一路看景。
看景，然后再给它故事——
当代，荡丘，厂烟，海市。

所以别说我了，
海天互相打扰，挟千只绿岛罗布。
谁想到界线全是纵深——
世上有许多好男孩，
可惜都结婚了，包括我丈夫。

海边湿雾重重叠叠涌上来，
我们在雾里散发不出足够的感受力。
车穿平镜海峡，
平静的白云漂白了海岛青山，
海卤水里，
钢船和塔吊把海岸领向极端。
只有行为是现实主义的，
形象，在环境里撑爆常识。

我感觉到了，眩晕而且猛烈，

也似游客那样略过。

舟山—宁波

少女和大妈

在圣母大学和浙江大学的小区里，
夜晚，树上，树下，草地
星光和阳光
洒在许多知识分子的女儿身上。
她们优美，活泼，大方，敏感，
中国的书包重了点，
但少女奇特颀长的身腿比例，
让脸上柚子般的漂亮清楚如冰糖。
她们只是还没有完全自察而释放的需要。
她们是蓓蕾，
世界再复杂，世界也是蓓蕾。

我的同事形容过这样一类大妈，让我羡慕。
已经没有什么可以打败她了，
往事锻炼了她，
她从容她有财产和有经验的心。
情况当然也是分的。
只有上海的餐厅，比如外滩 3 号顶层，
是当年留美女学生们的 brunch，
限于 Yale 或同档。

那场面考验我信心，

更别提男人。

她们无一例外太成功了。

也有三线厂的女人，四十五便退休，

把无限生命的力量投入

民族舞、扇子舞、柔力球、水兵舞……

国营厂的花阵，像奇迹一样。

社会主义道成肉身。

女人的成长，从一个巅峰到另一个。

男人——

我在夏日清晨风光筛动树影的迷人状态里

听厂里白发奶奶们买菜回的路上说：

男人八十了还想二十几的

——这让这夏天更生动了，

生动得自然吹拂。

四十五，

你对世界毫无意义，

世界对你全是意义。

一边（研究）文艺，

一边跳舞，

一边发现是扬州还是盐城的皮肤，似雪如火。

杭州

上海一夜

是这般奇情的你粉碎我的梦想，

我只有让你心甘情愿把我搂进胸怀，

才能真的寸寸步步感受你。

所以每一次，我都在东湖路上开房，

再走去上音，沿途吃一个无花果松糕，

这次加杯酒酿拿铁——

我看镜子，两千块的裙子

更富态了，白胖动人……东湖宾馆，

路右的那家 999，路左的 399，

我问自己，

哪个价格？哪个风格？哪个你？

是我的，是我的阶级，是我

通婚一样打开世界的一个机会？

心在自由公寓跳进冰激凌般的皮肤，

你的心跳噼里啪啦掉在我脸上，

我惊讶得要命，

怎么上海每一个路口，

都又快乐又动荡，

警察、吊车、探照灯、卷毛狗、有人刚洗完头

——这一切，全部似懂非懂。

讲一个男女故事，会拉近喝酒的距离。
讲一个商业故事，狙击论文工作者饭桌游泳。
体会过极度敏感、极度融洽后的
官能，开始彻底肤浅。
我从两点吃喝，
再到两点，胸和胃已经胀得不行，
中间恍惚时想起你笑起来如清秋清澈的阳光，
因为我告诉你有些人床前明月光还讲左右呢。
所以，你知道人的真实吗？
只要我忠贞地总来这条街，
反反复复拥有，反反复复体验青绿梧桐之下
咖啡馆露天的本质，
和它阵前，你水管一样直接的想法。
它们的不羞怯，
让安心的动荡的劳动才是理所当然。
延安路高架边，粉红色字体
中国的今天是中国人民干出来的。
我们也是。
你有以上海花露水打底的清水的肤质，
象征现象再繁复，
一些天生之好。

上海

散漫的年代

仿中岛美雪 Rolling Age

工地上的电话还在响个不停，

屋里想象的白窗帘像投降的旗帜，

听说今年新加坡登革热爆发，

过去住过的杭州的运河，早已不去，

大陆上，零星感染彻底征服能征服的心，

而微信里加利福尼亚发来的

美食和花园多么好回答，

政治的讯号又多么难回答。

你盯着干活的男人看不够，

仿佛凌晨走过工地，

信号灯在洒过水的城市马路上闪烁不止，

让你内心超高流明的敏感，

6000K 的色温，警车轰鸣的寒夜，

照出寂寞把骚动紧紧裹住。

一个人在一些年纪，

无所谓哪一个年代，

需要风暴，向生活示威。

现在，这个暑假里橘红色的工地，

吹的风是湄公河泛滥时，

把落地百叶窗和夏威夷草都移植进来。

是因为梦想吧，

大河炎热，过去连情欲

都比当代饱和，

你也在纸张之间推测了

人们裸体抱在一起以外的，是一个

攸关国运的世界，

事事攸关，事事恐有惊天的未来。

然而，人们几乎是什么都不知道的。

工地更不知道得彻底，

它正在优美的草绿色瓷砖方块间

砌一个粉红色的浴池，

一个现代主义浴池，

装着人生在世民主主义的肥皂泡，

让我不知道该谈起什么，

除了甜蜜和刺激。

散开窗帘，幽暗里问

人生是怎么回事呢？

我们就此解散也可以的，

如同春光让花的这一季开得过于绚烂了，

其他的历史命运，

永葆祝福与支持。

散开窗帘，

再回到人类的童年，

绝对地真心，而且合作，

在一间橘红色飘着我们投降旗帜的屋里。

杭州

杭州雨夜

人口那么乖，在绿雨里
让无人机从轻笼的穿顶看
江南长队也值得欣赏
是啊，春雨夜，一曲似不关心的幽怨
灯火里晃进城市的安慰

城市人口，陌生的爱繁殖人口
陌生的爱像队伍的春夜无关紧要
我也难得空站会儿，伞沿落水
清风吹上皮肤，都是自然向生活劝退
发生了觉悟，不太正确

一代人在这里，欲望被树叶
温暖地裹着，它们发疯成长
转过假期，一次次成年……
无计可施。我想透宇宙
也是一样。现在，这奇妙的桎梏

让我陷入幻觉。色相反射上水样
马路，如同年少一晚游园光景

打消计划中的计划，燃烧新的计划
人间列队，也有历史的目标里
总算幻觉和下雨是轻松的

杭州

岁末流线

你从杭州最高的写字楼下来时
在一个下过大雨非常冷的晚上，
城市在财富中心附近美透了，
洁净，又那么剔透，
仿佛下一秒就是革命了。
财富中心里真都是要革命的人，
你觉得他们很好，
有巨大的金钱的事业的欲望，
哪像你，抱在怀里不肯扔掉的文学和爱情，
再加上半打知识，那么危险，
都是离乱，全部要求认识世界
——世界又哪里需要你去认识
就像现在，只有现在，
在夜里才显出几分迷离的都市
包养了你片刻，
这是从没有男人告诉你的
包养的平安和温暖。
你在这岁末的都市里随车流滑下去，
客观地想起他们敷衍了事的爱，
真让人不爽啊，只要是女人，

都渴望被热烈地爱着，渴望迷乱。

哦不，这是昭和歌词。是你的意思吗？

总之，也差得不远吧。所有的岁末

哪有比得上昭和的末年，

都市的末年，泡沫的末年，闪电的末年。

真让人不爽啊，

屋子关在烟花外，

谈不上什么末不末，

你看见时间在那里螺旋上升，

飘着炊烟，

吹进你眼里是眼泪掉进嘴里，

咽下去又成了烈火拥挤出更多眼泪。

你解决不了的，

除非你把文学和爱情抱得再紧一点，

可这让人更想哭出来了，

在一片末光的河水里，一片

把黑暗里的灯带打作了座座星座的杭州。

这不过是世纪之初的一个岁末，

你很热烈，属于上一个世纪的风格，

有长情的样子，

厚厚的，薄薄的，

让人一时怀旧一时惆怅。

你心里的星座此时正在深蓝的天里

从容地释放光芒。很迷人。

靠在后座，你欣慰人们各自成立，

就像广告里说的：

性欲饱满，体力充沛。

你们就像没关系了，

恰如你们关系起来得莫名其妙，

你解释不了，

岁末街市的寒意里安宁的璀璨。

想抱一下吗？

因为人们互相牵挂吗？

你想起自己也有事业的，

写论文吗？

现在，你又想抱一下了，

确认一下，再确认一下，

在一年的最后一天，再确认一下。

杭州

午夜义乌

一件代发，双清到门
义乌国际情趣生活及纹绣产业展
International Fun Life Industry Exhibition
情趣服饰、情绪产品、大人玩具
成人用品、降压器具
蓝海产业——
Fun Life only on the street of YIWU
你有强压要降吗？

此城的业务，朴实无华
丝路人民两千年后还在丝路上
文具、袜子、电钻的海陆之路
烟丝、甜雾、气息与金山之梦
前景在办事处燃烧
街背一条巷一单元一间房一张台
很多方面繁荣
旅馆一地艳卡

小商品们保存着关照身体
与关注生活的信念。2024 年

这稀罕的价值，已经罕见
因为优绩主义又吹又追
信仰人造物，会造这会造那
义乌午夜，在最安全的国度
大街展览生活。一百年
跑得真快，还好世界拉着它

义乌

夏天的幻觉

下午最好乌云密布，
让晚上布料清凉，就像
下午埋进史料的纸张气味，
看见乡村轰轰烈烈唱起戏剧一年八十台。
那些夜晚，太行红布，
就像夜下，布料清凉。

想到这里，闭一回眼，
睁一回眼，再把眼闭上。
现在，我们四十岁也会箍上牙套，
让一口一个坏牙也没有的牙震落结石。
现在，家庭稳扎小区，
小区在城市里自我欣赏自我处境，
家与金融，合并为终生依靠。
现在，我们做了许多
繁荣数据，一万人十万人
为数据奉献年月。现在，
上进的人，你
要么属于文件，要么属于市场，
你怀念你没被发现的那些年。

现在，开放，进步，现代，
一同目睹婚姻与性欲的良俗，
终于一切，都要离开生活。
现在，魔咒念成摇篮曲，
衬衫里，说格局里自信的话，
阳光里飘摇，烟雨里心神不宁。
现在，天数、表数、级数、奖数，
算算，谁是谁，谁在听谁说什么，
现在，未来本来神秘，现在变成简历。

下午，埋进史料的纸张气味，
我看见乡村轰然唱起戏剧一年八十台。
无倦的年代，全是未来，
它们挂在冬天的太行山上，
巨变中总有一段宁静打底，
终究从良，在人生里解决了史的速度。

杭州

电梯上下

电梯上下。男人
擦着男孩的擦边球，
样子还没长成要
日复一日搞工作，
已被工资镶嵌。
女人在角色上
操持程序旋转，在行，
就像维护家屋在行。
搞事业，年轻女孩
口号当今流行搞事业，
反对恋爱脑，就像过去
反对盲流，一样的
盲目流动，离成功太远。
情感与生育，
有绝对风险，
类似人有绝对风险。
等级加剧风险，
田野的儿子独身进城，
勇敢得没有什么可以失去，
干土地那么干时代的活，

转移，像睡着的战士，

一堆谜，而且轻松。

感情节目里，观点说

这瞎了双眼一塌糊涂。

恋爱如今似水流，

十八岁怎么也推测不到

社会这样进化了，更料不成

你的被束将有日常化的官方表达盖章。

电梯不盲流，

上下实务与事务，

一派万物竞生的风光。

只偶尔一阵恋爱，

把恋爱作为方法，

盲目移动到别层，

想十八之后世界或许的别样。

杭州

21 世纪的夜晚依然美丽

21 世纪的夜晚依然美丽
动人的城市灿烂的樟树
白天嗡嗡嗡终于消散
三十年来该有的夜晚
受苦之后依然会来
一天五场会嘱咐与训诫
护持的家业攀援的数据
从一幢楼前到一条河边
从草坪月季到专业案台
空气与大地早相违背
21 世纪的夜晚依然美丽
大雨后的小路依然泥泞
大篷车有汗臭从安徽来
文学碎在大数据的胸口
三十年来该有的夜晚
苦不当苦后终于再来
耳边啥样的天养啥样的人
枕边有尽的岁月呼啦啦过
白天米一样的沉默知识分子
夜晚天一样的汉字一齐表述

我和你都不高兴的七月

你和我互相甩干费尽思量

究竟什么嗡嗡嗡嗡

究竟什么热爱检查作业

究竟什么钉钉钉钉

究竟什么管你七上八下

究竟什么拉你一起奋进

究竟什么耗尽你的一生

究竟什么为你身体发表一纸讣告

究竟什么抓手抓脚抓头爪爪是手

究竟什么加速推进记忆就是软弱

究竟什么爱恨 21 世纪这沉默的夜晚

苏州

之江

之江门前临江的大风让事情开始致幻，
树叶旋进空气，远远近近失速地
把什么带向一个马上就会失衡的时刻。
我们正下楼梯，去江畔搭 4 路车，
六和塔晃在手里边，
里边有那么多别的塔
和一片树冠间，
说笑、把玩，真感到几个审美极值瞬间的
古代屋顶。也太回忆了
江南的心房好像一直都在模拟
山岸有线条，聚散都无依。
张顺生的有多白多滑呢?
钱塘江面在风里也是情难自已的相逆的波纹。

当然，车站只能有一个方向。
这条公路剪辑作若干段白色，
山散，花动，心乱，
晴空下有白马路，白光里人迹浮泛又光明。

之江

善良

二斤青海羊排
一颗德清白菜
炖在一块儿，蜜色清甜

我低头回想忘不了的是什么
你神色里有古时候良渚的风
分别吹拂了江南五千年，谁最善良

两千零二十年夏天，萱草在浓荫里怒放
我眼里你像盛夏一样忙碌
一生是忙碌，所以简洁

简洁让人看上去善良
善良对面，我也愿为它的来由忠诚祈祷
尽管吹拂了世间的相别也忙碌的风，吹得更劲

杭州

北地中原

小河边上

偃师秋天的平原弥漫着一些微黄的烟尘，
天很晴，满野来时雾——
这会儿太阳隔着布料把冰凉的屁股晒得滚烫。
人群受这忽然升高的大自然的感染，
开始旺盛地分泌。

我好久没碰了。
有些难以捕捉的北方土地干燥的香气，
像过了许多年，爱人
斜坐在院子的落地窗里和人天谈，
白玻璃烘得他肉乎乎的，烘得我骚潮中

闲在露台上看秋景里一弯故河道。
世上的美妙之事据说皆生发于小河之湾——
孩子们走进金色的树林读书，
遗传了爸爸，风纪扣散开
日以继夜的剧烈和失落。

林带依水而昏蒙，偎依着大线条。
夏朝是成片的幸福茫茫，

现在张开腿，沸声会彻底消失。
我坐着车兜兜转转平坦省道的半边
满地玉米金颗噼噼啪啪掉落了一生之外。

偃师

出差的旅人

推销酒的夜里，流水把旅馆送在街背后，
月色跟踪到大河北边的城市，
又陪着送进南方县和镇上的洗浴城。

乡下人有钱，
他们的新别墅、两辆轿车、成箱的酒、条烟
再度虚无了日光和辽亮的雪野。

在那之外，
欢场蓄含着两枝污渍牡丹花，
联通起村庄与城的无作用力滑道。

淮南

春三月中随夫小住淮南有感

淮南舜耕山南有房，高铁带
我到时，到了一片青青麦洋里的站台。
也没风，淡色天色，淡色平原，
白的火车站和茫茫的春绿
挥发着植物性荷尔蒙，贴上肌肤
成了许多春天的多孔的青气。

远成一条水带的淮河，挂起
比河还宽了两倍的南岸泄洪区。
泄洪漫滩上稀拉几个钓鱼客，
剩下的全是千朵湖洼，荒天草甸，荒到人
怀疑高楼里的场所是不是正确，
奇情也不过自然函数里一段小的上升，
白鹭划过也没划过。

从土堤颠扑回水泥色街面，
国道下的这一片有过去的质朴。
洗浴白板红字，隔壁旅馆有热水澡味儿，
草气灌进纷扬的秀腰，
秀腰生着秀气的青草……

叫人怀疑，

怀疑六安小炒夠咸猛辣，

飞灰的人的灰尘路为什么这么重口，

而我早就清清淡淡白水白菜——

白水白菜加半袋火锅料，加水点，

饭店，停下，加个水，吃个饭，到屋里放放水……

街上总有干不尽的暧昧的水渍，

碰着忐忐忑忑的水泥不平，

临时地，给长卡做了温柔乡，

让我昏昏沉沉羡慕起苦涩

能撞飞好多乏味的忍受。

文学街，最文学的地方最社会学。

淮南

在淮蚌平原我自学用一小杯酒睡着

在淮蚌平原我自学用一小杯酒睡着。
你的音色，我又翻出许多歌，
是啊，尾音划开小提琴弦上寂寞的
爱的洋流。我为什么天天地看你呢？

过年的时间震落许多白垩粉，
酒的石榴红色太成熟了，炖出我
总是一道典型的南方佳肴。
每日天色偏淡，是向往简单吗？

你帮我模拟出一些不怎么实在的情绪，
因为生活多么多么和谐，
可好多名词，其实是一回事。

浮动这一带的地形，我还这么坐着，
跟海水一样咸的歌和红酒混在一起，
人们是否把很多事都盼望作是过渡。

淮南

忆去年冬夏随夫住淮南

爱玩也不是总在路上，没个归宿
可惆怅也不是家能解的
多少个故乡，在多情里健忘
汩汩打发风光里流出一段欢娱

阳台向来昏沉，更沉的冬日太阳
明晃晃地耀着规划好的建筑荒地
那上面普遍种了白菜
惨绿，跟万户地产的白玻璃一起蓄出高亮度的超级疲惫

登上一座名山，在一座更大的公园里
暑胀昏头进了佛寺，香火像隔夜的啤酒一样
而一样的劳累虚在泄洪区里，青白微茫
欢愿并无，摘花有灰，愉乐乐失衡

樊笼外，平原上桔色霾里有高大旧坟
壮美啊，虚脱。崩溃的眼泪
登坟览景，田野熏昏荡荡高空
游人的振作在旧战场上胡冲乱撞

淮南

夏夜在灯里轮转

躺在暗色浓重的车后座上，
眼前轰轰的夏夜在灯里轮转，
我们豹子一样顺流而下，
轻过了风花雪月。
像在打仗，两岸的燃烧弹缓慢又连续地
划过青金石的天际，坠进高窗，
把现存和即成炸得稀巴烂。
烈火烧遍视野，
流弹如蝴蝶在手里抓不住又飞走。
这倾城的大仗，
我沐浴其中，
无正无义无所谓，
无非是转过几个山坡，
闻闻慕情而来的野草地上那枯的香气。
道理是一片单调的绿谷，
母猴抱子回头望红尘清清白白的，
雨水洒透了总是一二刻的即景，
透不了今晚光景浩浩荡荡，
灯里轮回降生了遗产。

北京

南　方

夏日里的照片

许多葱茸的树冠在淡蓝的阳光里泛白
深影更深，向阳侧的光粘着带水的蒲公英簇团
一切近景都客观了
菠萝蜜树甜腻的瘤子后有两片红土球场
她上身真空，网球场上的遗影反着超级的光
这是哪里。一个地名，一些地名
弥生在地球流金色的温度带上

海南

南方

涂料有些陈旧，在盛阳里暴露了多年，
我失骄阳君失柳，
褐色锈水的痕迹在那些总是
粉色、粉蓝和纯白的墙皮上，

有些血味。开始不喜欢，
现在差点以为都忘了。
机场大道都迎接我，夹道两旁
蓄含淡水的高树，心事漫天神佛。

暗示太多了，
湿湿的空气像扇贝那样开合，
我被夹在海物和发物的玻璃缸里，
滑向马赛克走廊。粤式酒店，
一推门，一个白瓷砖小阳台，
一些茶色框的铝窗，
我一天洗浴三回，终于能忘掉。

书桌望出去，阔叶树轰绿在林带边上，
开出长长水泥路上，汽车站，咖啡室，

细街风，往事里的一部分体会，

吹过夜马路和连衣裙的薄纱。

这是唯一可靠的，因为现场才是杜撰的。

回来路上，我收集了一些莎草中央的球穗，

自然和命运的提喻腐蚀我的亲热。

浴池有淡腥，边疆泛色气。

我手里几颗龟头果，肉苁蓉，

南北行，乳色牡蛎，更紧的马路，

雕花金粉里一个人重温得软下来了。

细物，美物，阴阳之物，

一场活的腴态，

一场饭被碎贝壳和多福花鸟装饰得暗红。

广州

改开城市

东莞洋溢着别的城市受尽虐待
它却没有的轻松。砂锅粥
拌上钢材拉丝，精密开膜，
千万产业招牌，店主自有主张。
我们是被虐待久了，
抱着这个州，当作那个京。

莞属草根，古有出口，有江入海
有太子酒店，有侮辱和损害的传奇
有人口密集，有愤怒，有灰烬，
有紫荆校园，有黄花夕阳，
广东少年几十年拖鞋般的潇洒，
衬出网红城市，浮粉五寸的贫乏。

长安到福田，
猪杂汤粉，沙姜煲鸡，
我一个又一个的中国故人
在岭南物业里安顿。他们
带着良好的制造业教育，从东北乌干达回来

白鹭一样落在工厂遍地的凤凰树上。

北风也吹落花。但山岭带黄，
温度，让风也不像风。
他们都还瘦，
还在深耕制度内外的事业，
又谦卑，
又带着共和国教养过去动人的沉静。

东莞

岭南并不艰难

岭南并不艰难
文明的风格
既不糟，也不体面
人活多年下沉的体形
浑浊做了社会最基础部分
等待小巴，东亚现代化一百五十年焚风
也像天高皇帝远过去的任何一日

某种洗衣液全城都用
闻起来又漂泊又忍受
到了南方，就永远停下来
收拾残食，抹桌子
习惯把塑料袋绑上拉杆车
一捧黄纸拜西再拜东
香灰混上香花

天与岛承诺不变，少女抚摸回忆
一摸再摸，把爱人从底裤摸起
心爱的人，童年的爱人
爱人不脱敏，怎么变家人

这儿像某些年代的老家
为不至于一切沦为历史的卧底
爱搭不理，从底超敏

岭南

盐的忌廉

大师，如果想得
足够远，亚寒带的文化
知道春水破冰，就是激情
要烧得破土。土上，屋顶上，
菩提海浪吹湿亚热带风格，海港
翻起誓言，马赛克街巷里，
混血比我们甜而且咸。
盐的忌廉，盐的茶，盐的种族冲击。

盐在春天，如同百货在巴黎，
毛呢丝绸先为波德莱尔，
再为梦游者定制前于主义的荣光。
中国人，手艺人，贸易人，
我看一幅纸本海交山水图，
贩夫比城市大，楼宇节制道德，
行政尚未侵犯景观。是的，
保守，保守兑换解放。

随后，
巴黎人、伦敦人、威尼斯人，

标准商品征服拱廊

摧枯拉朽，拱廊也终于

极其无聊，极其无聊

而天堂废墟。

幻觉当欲望对象像废物而明显，

也比幻游隙缝压实了可忍耐些。

大师，我们未能在上坡下行的弯道

石子之上，再见人如或超越

自然，肺叶似风。

重重相爱，是革命举措，

但也不会比一阵穿堂风微妙。

风色黄白相间，拾阶而上

葡萄绿的博物馆，生动暂托此生。

我们这个时代，沉湎历史

是司空见惯的情感悲剧。

岭南

看少年吃肉

少年在我对面夹起一大坨牛肉
沾住菠菜和着牛奶打碎的翠绿浆料
全部塞进口腔，噎了一下
胡乱一嚼就吞了，再抹掉嘴角绿汁
继续兴高采烈讲话

天真啊
二十岁的人生比我听过的四五十的见识
不知简陋了多少，简陋得直能看向健康身体的形状
我起起伏伏，好奇是什么使男人比少年
让人迷恋那么多，虚弱那么多

他给我倒满啤酒，嘴甜叫姐姐
我盯着一口唇红齿白
在说话、吞咽和吸吮间交替
食欲太好，肠胃像疯狂旋转的机器
光溜溜的胸腔，一片刚开过荒的高原

有点来不及欣赏
我心里涌起些感觉愿他一直

一碗汤配两碗饭，鳞次栉比地虎头虎脑
像大自然还富饶时的奴隶社会
爱壮而情柔

新加坡

海南岛的启示

海景分类为旅游目的地，
便被天上人间锁成五星习惯。
但沙地洁净，香蕉草和三角梅
以简朴的自由，把一车人托进犹豫。

腹地更有历史，更要人追溯，
但风不把往事作事，
红土是土，绿树绿得香热，
风情小镇真真假假。细虫

啃碎榄仁树叶，解开风纪，
解放成建制的梦想。没有梦想，
路尽头咖啡杯嗡嗡静止，
旅游的后门，岛尽量午睡。

21 世纪，人民是经验之王，
涂抹槟榔，看潮，煮粥，钓美人鱼。
肤色泛动政策与财富，
本色调戏贝色潟湖月下的两性晃动。

青色黎明有螺色黄昏，
海岸线上有房产与体验，
生命体验，人生置地，
无建设无以安宁。

热带长长的道路曾可能是个吻，
情意光临过街市似阳光气味杳无踪迹。
花园里的机器，热带也流水线，
地球衬托现象的变动，令人生鄙。

陵水

海南岛的祝福

在彼处对发展厌恶的时候，
在海南享受了发展。
气温轻风都作乱，
回到浪漫被自然限定的开头。
人类老家，风物富裕。街头，
初级阶段不矜贵地生活。

它是一代人的开发期。
也神秘，也狂乱，
起械、抢劫、退学、西瓜刀。
仲夏夜洁净的碧绿阔叶在意识丛林的底部发亮，
历史仿佛义无反顾，人却眷恋风尘。
所有发展故事的成长记忆都一样，
海滩的一天，南国再见。

富豪大多言行无趣，想象有限，
有能力提供的快乐，远逊亲子。
海岛比准一线城市更昭示此条真理。
房地产固然可诅咒，
也是人类回家的梦想，

匹夫匹妇热烈呼吸自由纬度，
告别一会儿新时代通了三统的生命指标。

热带海岛启发过人类认识自己的历史，
全球经济，以及红亮或黑暗心灵的涤荡。
香蕉林连着火龙果园，
椰林，槟榔林，三熟水稻，
中国农村可见最多的游牧黄牛。
松弛的精神和组织力
保存天人之际景观长留。

海口